LUDOVIC MARCOUX

Annonce Matrimoniale

VAUDEVILLE EN UN ACTE

PARIS. — Ier

P.-V. STOCK, ÉDITEUR

(Ancienne Librairie TRESSE & STOCK)

155, RUE SAINT-HONORÉ, (PRÈS *la Civette*)

En face du Théâtre-Français

1905

ANNONCE MATRIMONIALE

VAUDEVILLE EN UN ACTE

Représenté pour la première fois, le 4 février 1905, au GRAND-THÉATRE
de Saint-Etienne.

Annonce Matrimoniale

VAUDEVILLE EN UN ACTE

PAR

LUDOVIC MARCOUX

PARIS-I

P.-V. STOCK, ÉDITEUR

(Ancienne Librairie TRESSE & STOCK)

155, RUE SAINT-HONORÉ, (près *la Civette*)

DEVANT LE THÉATRE-FRANÇAIS

PERSONNAGES

<table>
<tr><td>CÉLERI, rentier, 50 ans. . . . . .</td><td>MM.</td><td>Herbert.</td></tr>
<tr><td>UN MONSIEUR, 40 ans . . . . . .</td><td></td><td>Gontard.</td></tr>
<tr><td>CATHERINE, domestique de Céleri, 70 ans. (Jargon Morvandiau) .</td><td>Mmes</td><td>Plet.</td></tr>
<tr><td>MADAME LÉVÊQUE, jeune veuve élégante. . . . .</td><td></td><td>David.</td></tr>
<tr><td>BRIGITTE, jeune téléphoniste . . .</td><td></td><td>Mormand.</td></tr>
<tr><td>GERMAINE, fille de Céleri. . . . .</td><td></td><td>Giron.</td></tr>
<tr><td>MADAME PRUNE . . . .</td><td></td><td>Hurelle.</td></tr>
<tr><td>MADEMOISELLE PRUNE. . . . . .</td><td></td><td>Beaulieu.</td></tr>
</table>

———

ANNONCE MATRIMONIALE

Salon bourgeois. — Porte au fond. — Portes à gauche et à droite, cheminée, glace. Au milieu de la scène, table avec journaux ; — près de la cheminée petit guéridon avec pot à barbe et cuvette, à droite, un balai de crins à terre.

SCÈNE PREMIÈRE

CÉLERI, CATHERINE.

CÉLERI, en bras de chemise, se rase devant la glace.

Qu'est-ce que cela peut bien me faire que vos tartelettes soient brûlées et que votre sauce piquante soit manquée ?

CATHERINE, à droite près d'un fauteuil, brossant avec rage.

Attendez un peu ! je vas vous z'y en faire de la cuisine... entrée : pommes de terre en robe de chambre... milieu: pommes de terre au jus... sortie : pommes de terre en sauce blanche.

CÉLERI, se retournant.

Votre sauce blanche, je m'en moque !...

Continue à se raser.

CATHERINE, suffoquée.

C'est-y pas honteux de voir un homme aussi insolent !

CÉLERI, même jeu.

Insolent !... moi !... mesurez la portée de vos paroles, vieille toquée.

CATHERINE, même jeu.

Je vas vous z'y apprendre la politesse. . sapristi de quasiment étriqué !

CÉLERI, colère.

Taisez-vous, ou je vous coiffe avec mon pot à barbe... étriqué !... étriqué!... (Au public.) Non! mais voyez-vous de quelle façon je suis traité ici?... tout cela parce que je lui fais brosser mes vêtements... Quel fléau d'avoir un chaudron pareil pour domestique !

CATHERINE, en accentuant.

Pour gouvernante !... surveillez z'y votre langue !

CÉLERI.

C'est du dernier comique !... gouvernante !.. comme c'est poétique d'avoir à cinquante ans une gouvernante sur le dos.

CATHERINE.

Plus souvent que je sois sur votre dos !...

CÉLERI, haussant les épaules.

Mais... tout va changer ici... la mesure déborde... je vais pendre au grenier ma peau de célibataire endurci !...

CATHERINE, interrompant, s'approchant.

Qui c'est-y que vous voulez pendre au grenier?

CÉLERI, la contrefaisant.

Qui c'est-y ?... qui c'est-y ?... vous !... vous !...

CATHERINE.

Ah! mon Dieu! bonsoir de bonjour !... il parle de me détruire maintenant... et dire que je l'ai « nourrissé » de mon lait.

CÉLERI, colère.

Assez !... vous m'ennuyez avec vos histoires de biberon, ce n'est pas moi qui ai demandé jadis à être votre nourrisson ; croyez-bien que si j'avais eu le choix, j'aurais préféré téter une chèvre !...

CATHERINE, lui faisant les cornes.

Voyez-z'y vos cornes... serpent !... petit serpent.

Marmotte.

CÉLERI, se retournant.

Qu'est-ce que vous avez donc à marmotter ainsi ?

CATHERINE.

Ah ! défunte votre mère avait bien raison !...

CÉLERI, interrompant.

Laissez ma mère dormir en paix, elle est bien pour son repos... et surtout pour le mien.

CATHERINE, vivement.

Vous croyez peut-être que vous m'empêcherez de parler !... je vas vous y faire voir !

CÉLERI, à part.

Les litanies vont commencer ! Attaquons vite notre petite romance, (Riant.) notre petite romance favorite.

Se met à fredonner un refrain à la mode.

CATHERINE, pendant que Céleri chante.

Sa défunte mère avait bien raison... elle disait qu'il avait un oignon, à la place du cœur !... mais c'est pas seulement un oignon (Brossant avec rage.) c'est un navet... un chou.

CÉLERI, railleur.

Alors vous prenez mon cœur pour un potager ?... Ne vous gênez plus !...

Recommence à chanter.

CATHERINE.

Son père était un bien brave homme... mais lui ! (Haussant les épaules.) Qui c'est-y qui voudra d'une estafette comme ça pour mari ?...

CÉLERI, plonge la tête dans la cuvette en imitant le bruit d'une personne qui se lave, prend un essuie-mains.

Voici ma barbe faite... (Regarde sa montre)... Deux heures !... oh ! sapristi... vite... vite... terminons notre toilette... on peut venir d'un moment à l'autre... Donnez ma redingote. (L'endosse... se rengorge, se regarde dans le miroir.) Suis-je rajeuni ?... Quinze ans de moins !... (Arrange sa cravate.) Là... parfait !... et maintenant mon ami Isidore, tâchons d'avoir la main heureuse !... O Cupidon ! que ton flambeau m'éclaire et guide mon choix... O Cupidon...

CATHERINE, interrompant.

Cupidon ?... qui c'est-y que... Cupidon ?...

CÉLERI, gouailleur.

Cupidon !... Vous ne l'avez jamais connu vous !... hein ?...

CATHERINE.

Pour sûr !... c'est encore querque sale affaire !

CÉLERI.

C'est le Dieu de l'amour ! (Avec passion.) O Cupidon !
viens m'enflammer !... Descends en moi !

CATHERINE.

Attendez-y un peu qui va descendre !

CÉLERI.

Pourquoi pas ! Le Saint-Esprit est bien descendu...
Descends en moi !... Ça y est... je sens pénétrer le
fluide amoureux. (En extase.) Ah! je la vois... elle est
blonde comme les blés... elle a des yeux d'un bleu
de pervenche... une petite bouche...

CATHERINE, interrompant, très calme.

Je vas lui z'y faire une infusion de camomille...
sa défunte mère a toujours dit qu'il périrait par la
boussole !

CÉLERI.

Et vous ? par quoi périrez-vous ?... Mais je m'at-
tarde... voyons. (Allant à la table.) Ah !... mon annonce que tous les journaux de ce matin ont publiée.
(Prenant un journal, lisant et se rengorgeant peu à peu.) Célibataire 50 ans, sans tache, très bien conservé, physique agréable, caractère doux, possédant de belles
rentes et des espérances, désire épouser jeune fille,
veuve ou divorcée de 20 à 25 ans, même sans fortune, mais jolie. S'adresser chez M. Céleri, rue des
Pyramides 42, tous les jours de 2 à 4 heures.

CATHERINE.

Alors, c'est sérieux cette histoire d'épousailles ?

CÉLERI.

Tout ce qu'il y a de plus sérieux... dans quinze
jours, huit jours peut-être, je serai marié... Ah! il me

tarde d'avoir une femme à moi !... une petite fa...
femme bien à moi !...

CATHERINE.

Les petites fa femmes des autres ne vous suffisent
plus ?...

CÉLERI.

Ça ne vous regarde pas! Mêlez-vous de vos affaires... vous m'avez rendu la vie insupportable !... et
par dessus tout, je désire confier à une femme jeune,
aimable, la direction de mon ménage !...

CATHERINE.

Et moi ! Qui c'est-y que je ferai ?

CÉLERI.

Vous ?... Eh bien vous prendrez la poudre d'es-
campette... vous irez habiter où vous voudrez... dans
votre pays par exemple... je continuerai à vous ser-
vir la rente à laquelle vous avez droit de par le testament de ma défunte mère !

CATHERINE, décidée.

Et moi, je vous z'y dis que de par ce même testament je reste ici.

CÉLERI.

Malgré moi ?

CATHERINE.

C'est mon droit !... vivre avec vous ou recevoir une
rente annuelle de 1500 francs, j'ai le choix !

CÉLERI.

Je sers la rente !...

CATHERINE, colère.

Je la refuse... et foi de Catherine je vous donne ma

parole que moi vivante, jamais une créature ne s'installera dans ma cuisine.

CÉLERI, s'asseyant.

C'est ce que nous verrons!...

CATHERINE.

Tant vous z'y en ferez rentrer par la porte, tant j'en ferai sortir par la fenêtre. Vous feriez bien mieux de penser à retrouver votre enfant... votre fille.... car vous avez fait comme tous les polissons, vous n'avez pas attendu d'être marié pour avoir des enfants. (Le regardant avec malice.) Il y en a qui sèment mais qui ne récoltent pas...

CÉLERI.

Vous savez mieux que personne que je m'en suis occupé. Lorsque j'ai appris la mort de la mère, j'ai fait l'impossible pour...

CATHERINE, l'interrompant.

C'est bon... c'est bon... Ah! il vous manque là (Frappant la poitrine de Céleri) comme qui dirait la... fibre... rien ne parle là.

CÉLERI.

Je vous demande pardon... la fibre paternelle a parlé... elle a même parlé très fort... J'ai tout mis en œuvre... j'ai bouleversé tout le pays, mais rien... rien... (Attendri.) Ah! si je l'avais retrouvée, comme j'aurais racheté cette folie de jeunesse, je l'aurais choyée, dorlotée, gardée près de moi... et je n'aurais jamais songé à me marier.

Coup de sonnette.

CÉLERI, allant à la glace.

Nom d'une pipe, vite, vite, un peu d'ordre, (Fait disparaître dans la pièce à côté cuvette et pot à barbe.) là...

voilà... Catherine, faites entrer. (A part.) L'émotion s'empare de moi, je me sens tout chose... sera-t-elle blonde ou brune ?

> Deuxième coup de sonnette.

CÉLERI, à Catherine.

Eh bien ! qu'attendez-vous pour aller ouvrir ?

CATHERINE, ramassant son balai.

Plus souvent que j'y « alle ».

CÉLERI.

C'est trop fort !... vous refusez ?

CATHERINE.

Je ne refuse pas ! mais si j'y allais, ce serait pour lui faire descendre l'escalier sur le *croupillion*.

CÉLERI, colère, va ouvrir.

C'est inouï... Je vous chasse ! sortez d'ici ! Être obligé d'aller ouvrir moi-même !

CATHERINE, s'effaçant.

Je vas lui poser un œil dessus à cette particulière.

> Céleri ouvre et introduit madame Lévêque.

SCÈNE II

LES MÊMES, MADAME LÉVÊQUE.

CÉLERI, saluant.

Madame !

MADAME LÉVÊQUE.

Monsieur !

CÉLERI, même jeu.

... Madame !...

MADAME LÉVÊQUE, s'avançant.

Monsieur !...

CÉLERI, embarrassé.

Madame... daignez... daignez... (A part.) Comme
je suis ému... daignez vous asseoir. (Apercevant Catherine.) Eh bien, que faites-vous là ?... Allons !...
défilez !...

MADAME LÉVÊQUE, s'asseyant, puis regardant l'appar-
tement et Céleri. — A part.

Très flatté... le cadre est bien mieux que le por-
trait... Monsieur, je viens au sujet de l'annonce que
vous avez fait paraître.

CÉLERI.

Ah bien !... très bien !... (A Catherine.) Avez-vous
entendu ? Allez à la cuisine !...

CATHERINE, balayant.

Je fais mon travail où qui se trouve... Faites-z-y
le vôtre !

CÉLERI, furieux allant à elle.

Vieille crécelle !... vieux scorpion !...

CATHERINE, même jeu.

Escorpion... moi escorpion... voulez-vous parier
que je vas leur z'y dégeler les sentiments avec mon
balai.

Céleri la pousse dans la coulisse.

SCÈNE III

CÉLERI, MADAME LÉVÊQUE.

MADAME LÉVÊQUE.

Cette bonne a l'air insupportable !

CÉLERI.

Elle a même la chanson, je viens de la congédier, c'est là l'unique cause de sa colère, excusez, je vous prie, son impertinence et revenons, si vous le voulez bien, à mon annonce. Vous disiez, madame.

MADAME LÉVÊQUE.

Que je venais poser ma candidature !... Oui... je crois remplir les conditions stipulées... exigées... mais avant de vous faire ma profession de foi,... parlons un peu de vous !...

CÉLERI, timide.

Ah ! est-ce bien utile ?...

MADAME LÉVÊQUE.

Mais indispensable, il me semble... D'abord, une première question : pourquoi, à votre âge, vous prend-il la fantaisie de vous marier ?

CÉLERI, embarrassé.

Pourquoi il me prend fantaisie... comment, vous ne devinez pas ?... mais c'est très naturel... je me marie parce que. (A part.) Je ne puis pas lui dire que c'est à cause de Catherine... je me marie... parce que... j'ai envie de me marier !

MADAME LÉVÊQUE.

Oui, oui, certainement... mais la raison de cette envie ?

CÉLERI, embarrassé.

La raison... la raison... c'est que je me sens attiré par les charmes mystérieux de l'amour !...

MADAME LÉVÊQUE, riant.

Comment savez-vous que l'amour a des charmes... vous, un célibataire endurci et... sans tache ?...

CÉLERI, même jeu.

Personnellement je l'ignore... mais ma bonne en sait quelque chose .. elle me l'a toujours assuré. (A part.) Heureusement qu'elle n'est pas là.

Regarde la cuisine.

MADAME LÉVÊQUE, très douce.

Vous êtes timide ?

CÉLERI, convaincu.

Hélas !... C'est mon plus grand défaut.

MADAME LÉVÊQUE, ironique. — A part.

Je vais en profiter pour diminuer sa valeur en augmentant la mienne. (Haut.) Votre annonce indique : très bien conserve... physique agréable... vous me permettrez d'émettre certain doute sur votre état de... conservation, et de faire toutes réserves utiles quant à votre physique. (Mouvement de surprise de Céleri.) Ma franchise vous déplaît?

CÉLERI.

Pas du tout !

MADAME LÉVÊQUE, même jeu.

Alors, je continue. Il me semble que vous portez très difficilement votre âge... vous vous donnez 60 ans plutôt que 50, vous êtes passablement dé-crépit, cassé, courbé en voûte d'église et votre personne respire un air d'antiquité que ne peut laisser soupçonner l'annonce...; il est évident que vous n'êtes pas encore une ruine... mais vous êtes déjà bien délabré et je suis certaine que les vestiges de votre édifice ne pourraient, quelle que soit la qualité des matériaux employés, supporter une remise à neuf.

CÉLERI, mine déconfite.

Vous avez une drôle de façon d'entrer en matière.

MADAME LÉVÊQUE, très douce.

Cela vous ennuie ?.... vous contrarie ?...

CÉLERI, même jeu.

J'éprouve beaucoup de plaisir à vous entendre !

MADAME LÉVÊQUE, même jeu.

Vraiment !... eh bien, passons à votre physique. (Examinant Céleri.) Savez-vous que je ne le trouve pas agréable du tout ! votre figure est très ordinaire, vous n'êtes pas laid à faire peur, mais il faut certainement beaucoup d'indulgence pour vous trouver passable, vous avez des yeux qui rappellent vaguement les lucarnes ornant les toitures (Céleri a un haut le corps.) Un nez où les passions ont déjà creusé plus d'un sillon... Oui, vous avez un nez dénaturé, ce qui en rend la classification impossible. (Céleri se touche le nez.) Des joues fanées accusant la débauche, une bouche véritable cratère d'un volcan toujours prêt à vomir le mensonge, des lèvres devenues calleuses sous l'action des baisers, un menton canaille, enfin, le tout constitue un ensemble passé, rance, n'ayant aucun attrait pour une jeune femme comme moi. (Riant.) En somme, vous offrez, avec beaucoup de pommade autour si j'en crois l'annonce, une relique datant de plus d'un demi-siècle... de vieux débris de célibataire.

SCÈNE IV

CÉLERI, MADAME LÉVÊQUE, CATHERINE.

CATHERINE, rentrant.

De vieux débris... v'lan, mettez-y dans votre poche.

CÉLERI, *se levant furieux.*

Grossière créature.

Catherine sort précipitamment.

SCÈNE V

CÉLERI, MADAME LÉVÊQUE.

MADAME LÉVÊQUE.

Ah ! voyons, si nous abordions vos défauts, voulez-vous ?

CÉLERI.

Vous tenez absolument à me disséquer.

MADAME LÉVÊQUE.

Absolument !

CÉLERI.

Eh bien soit... seulement je vous préviens d'avance que je ne m'en connais point !

MADAME LÉVÊQUE.

Comment ! pas le plus petit défaut.

CÉLERI.

Aucun !

MADAME LÉVÊQUE.

Aucun. (Riant.) Savez-vous que c'est bien prétentieux de votre part ! vous, un homme sans défauts ! (Riant.) Dans ce cas, vous êtes le seul spécimen existant, et, étant donné la rareté du fait je vous engage à vous faire empailler. (Riant.) Voulez-vous ? je suis convaincue qu'à nous deux nous allons en découvrir ; voyons pour commencer je gage que vous êtes paresseux. (Céleri fait signe que non.) Je me trompe ?

2

Mais alors, si vous n'êtes pas paresseux, à quoi occupez-vous vos journées?

CÉLERI.

A quoi?

MADAME LÉVÊQUE.

Oui! si vous préférez, qu'avez-vous fait avant hier, hier, ce matin?

CÉLERI, embarrassé.

Mais rien... Je n'ai rien fait!

MADAME LÉVÊQUE.

Rien! vous entendez bien!... or, il n'y a que les paresseux qui ne font rien!... donc, vous êtes paresseux.

CÉLERI, surpris.

Ah!

MADAME LÉVÊQUE.

Et la paresse étant la sœur de la gourmandise... vous êtes gourmand!...

CÉLERI, voulant protester.

Oh!...

MADAME LÉVÊQUE.

Ne protestez pas, le rubis de votre appendice nasal en est le témoignage le plus éloquent, vous avez... (Lui touchant le nez.) Ici... là... l'estampille... donc, paresseux, gourmand, je parierais que vous êtes vicieux!...

CÉLERI, geste de dénégation.

Oh!... oh!... mais!...

MADAME LÉVÊQUE, l'interrompant.

Non, non, non, ne vous récriez pas, vous êtes condamné d'avance, vous avez beau faire, mais votre

mine a un petit air polisson que vous ne parviendrez
jamais à dissimuler.

CÉLERI, interloqué.

Moi !... polisson ?... c'est faux... je proteste avec
la dernière énergie... du reste, je préfère plutôt que
de me voir ainsi dépouiller reconnaître que j'ai tous
les défauts.

MADAME LÉVÊQUE, se levant.

Je vous en donne acte. En résumé, vous êtes une
ruine matériellement et physiquement, et vous avez
tous les défauts, c'est complet... Cette triste consta-
tation étant faite, passons à moi si vous le voulez
bien. (Signe de tête de Céleri.) Voici ma profession de
foi ou d'amour comme il vous plaira.

Se lève.

CÉLERI, se levant.

D'amour !...

MADAME LÉVÊQUE.

Entendu... Je suis veuve, j'ai vingt-cinq ans, mais
j'en parais vingt-deux à peine, je me crois jolie, du
reste, on me l'a déjà dit.

CÉLERI.

Ah !...

MADAME LÉVÊQUE.

Oui, feu mon mari. Je suis, il me semble, assez
bien faite, vous pouvez en juger par ce que vous
voyez... les formes, les contours sont gracieux. (Signe
de tête de Céleri.) C'est très recherché par les hommes,
je crois. (Signe de tête de Céleri.) J'ai le pied mignon,
une cheville fine, une main aristocrate (Céleri lui prend
la main, madame Lévêque la retire.) Je passe pour être
intelligente, avoir de l'esprit même... A propos, êtes-
vous spirituel, vous ?

CÉLERI, surpris.

Moi, très... très spirituel... vous ne vous en êtes pas aperçue?

MADAME LÉVÊQUE.

Non, pas encore... je suis modeste, trop peut-être, je suis câline, affectueuse, aimante, économe, j'ai bon cœur, je possède une petite rente... et j'ai du.. tempérament.

CÉLERI.

Ah! vous avez du... tempérament?

MADAME LÉVÊQUE.

Oui, beaucoup!... Est-ce un défaut ou une qualité?

CÉLERI, embarrassé.

Ça dépend... à quel point de vue on se place... Quand on peut, c'est une qualité... Quand on ne pèut pas... c'est un défaut!...

MADAME LÉVÊQUE.

Alors, c'est un défaut pour vous, une qualité pour moi. (Riant.) Maintenant, j'aborde mes défauts.. j'ai mauvais caractère, je suis jalouse à l'excès... j'ai l'humeur changeante, je suis capricieuse... je boude... oui, je suis boudeuse... bouder est l'apanage des jolies femmes... Ainsi présentée, détaillée... suis-je acceptable?

CÉLERI, avec feu.

Comment acceptable? mais vous êtes adorable... et moi, aurais-je le bonheur de vous plaire?

MADAME LÉVÊQUE, s'asseyant sur le canapé.

Mon Dieu.. voyons, vous disposez de combien de rente.

CÉLERI.

Vingt-cinq mille francs, et...

MADAME LÉVÊQUE, interrompant.

Vingt-cinq mille francs... je vous avoue en toute sincérité que vous gagnez à être connu... je reviens un peu de ma première impression.

CÉLERI, s'asseyant près d'elle.

J'en suis flatté... et ce n'est pas tout. En plus de ces vingt-cinq mille francs, j'ai des espérances, un oncle archi-millionnaire, (Confidentiel.) très vieux, actuellement bien malade, probablement à la veille de s'embarquer !...

MADAME LÉVÊQUE, très sérieuse.

Ah !... il est archi-millionnaire ?

CÉLERI.

Oui, pour le moins !

MADAME LÉVÊQUE.

Savez-vous qu'en vous regardant on finit par vous trouver plus que passable, bien même, pour ne pas dire joli. (Céleri se rengorge.) Vous avez une distinction, une dignité d'allures qui échappent au premier coup d'œil... il n'est pas jusqu'à votre air que je trouve conquérant... séducteur... Décidément je préfère vous l'avouer, vous me plaisez. (Coup de sonnette. Céleri se lève. — A part.) Ce doit être une rivale.

CÉLERI.

Madame, si vous...

MADAME LÉVÊQUE, interrompant.

Je vous en prie, ne faites pas attention. (Céleri va ouvrir. — A part.) Je préfère voir et peser les chances de ma concurrente.

SCÈNE VI

LES MÊMES, CATHERINE, puis MADAME
et MADEMOISELLE PRUNE.

CATHERINE, sortant de la coulisse.

Qui c'est-y encore qui dégringole la sonnette? (Céleri introduit deux dames, salutations.) Au moins vous, madame, vous lui avez dit tout de suite, c'est un vieux débris... il est vidé comme un poulet dans la casserole. (Céleri et les deux dames s'avancent.) Elles viennent deux à la fois, maintenant?

MADAME LÉVÊQUE.

Oui, la mère et la fille probablement... je les connais de vue... la jeune fille est poire!! c'est une vraie poire.

CATHERINE.

Et la vieille, c'est comme qui dirait une tomate!

CÉLERI, avançant deux sièges à droite.

Veuillez m'excuser un instant, mesdames. (A Catherine.) Qu'est-ce que vous faites ici... Allez à votre cuisine.

Catherine se retire lentement, pendant que Céleri revient auprès de madame Lévêque.

MADEMOISELLE PRUNE.

Tu vois, maman, nous ne sommes pas les premières.

MADAME PRUNE.

Oui, une mijaurée est déjà installée !

SCÈNE VII

CÉLERI, MADAME LÉVÊQUE, MADAME
et MADEMOISELLE PRUNE.

MADAME LÉVÊQUE, à Céleri.

J'espère que vous n'allez pas entrer en conversation avec ces dames, du moment que vous me plaisez... que je vous plais... que nous nous plaisons... maintenant que j'ai votre aveu... que vous avez le mien... il me semble que c'est une affaire conclue... entendue ?

CÉLERI.

Tout à fait entendue et conclue.

MADAME LÉVÊQUE.

Ah ! dites-moi... votre petit nom ?

CÉLERI.

Mon petit nom ?

MADAME LÉVÊQUE, souriant.

Je parie que je le devine.

Céleri fait signe que non.

MADAME PRUNE.

Elle essaie de l'ensorceler.

MADAME LÉVÊQUE.

... Apollon ! (Céleri bouge la tête.) non ?... c'est dommage, combien j'aurais été heureuse de vous dire dans l'intimité, Apollon, je t'aime... Apollon, je t'adore !...

MADAME PRUNE.

Elle lâche du fluide.

MADAME LÉVÊQUE.

Enfin, comment vous appelez-vous?

CÉLERI.

Isidore... Zi... Zidore Céleri.

MADAME LÉVÊQUE, déçue.

Il ne me plaît pas, votre nom.

MADEMOISELLE PRUNE.

Cette pimbêche m'agace.

MADAME PRUNE.

Elle me tape sur les nerfs.

Coup de sonnette.

CÉLERI, se levant.

Encore du monde. (A part.) Et Catherine qui ne va pas ouvrir... Madame... Mesdames... si vous préfériez passer dans...

MADAME LÉVÊQUE, interrompant ensemble avec madame
Prune.

Ne vous...

MADAME PRUNE, interrompant ensemble avec madame
Lévêque.

Monsieur...

Elles se regardent.

MADAME PRUNE, très pincée.

Pardon, madame... après vous!

MADAME LÉVÊQUE, vexée.

Je n'en ferai rien...

MADAME PRUNE.

A vous l'honneur, madame.

MADAME LÉVÊQUE.

Je le décline, veuillez parler.

TOUTES DEUX ENSEMBLE.

Ne vous...   Monsieur ..

Se lancent un regard courroucé. — Deuxième coup de sonnette, Céleri les regarde.

MADAME PRUNE, *allant s'asseoir.*

Chipie !...

MADAME LÉVÊQUE, *allant s'asseoir.*

Vieille chouette !...

Céleri va ouvrir.

SCÈNE VIII

Les Mêmes, CATHERINE, puis LE MONSIEUR.

CATHERINE, *sortant de la coulisse.*

Que c'est-y que ce carillonnement... on va leur z'y
en fournir des sonnettes... c'est plus une maison ici,
c'est un bureau de placement !...

Céleri introduisant un monsieur.

LE MONSIEUR.

Monsieur Céleri.

CÉLERI.

C'est moi, monsieur.

LE MONSIEUR.

Je viens au sujet de l'annonce.

Ils remontent.

CATHERINE.

En voilà encore un qui a une fille qui l'embrin-
gue.

Elle sort.

SCÈNE IX

LES MÊMES, moins CATHERINE.

MADAME PRUNE, se retournant.

La malhonnête.

MADEMOISELLE PRUNE, retenant sa mère.

Maman, sois calme.

CÉLERI, le fait asseoir à la gauche de madame Prune.

Asseyez-vous, monsieur, je suis à vous dans quelques instants.

Revient s'asseoir près de madame Lévêque.

MADAME LÉVÊQUE

Isidore… je n'aime pas ce nom !… Si je vous demandais à le changer contre Apollon y consentiriez-vous ? (En soupirant.) Mon Apollon ! !…

CÉLERI.

Vous y tenez donc beaucoup.

MADAME LÉVÊQUE.

C'est une vraie toquade… Il me semble qu'un homme ne peut comprendre l'amour qu'autant qu'il s'appelle Apollon… Dites, mon ami, si vous n'en avez pas l'esthétique, ayez-en au moins le nom ?

CÉLERI, soucieux.

Oui, oui, mais c'est très difficile, songez donc, si mon parrain…

MADAME LÉVÊQUE, interrompant.

Ah ! vous avez encore votre parrain ?

CÉLERI, convaincu.

J'ai ce malheur !... mon parrain, c'est l'oncle archi-
millionnaire dont je vous ai parlé...

MADAME LÉVÊQUE.

Celui qui est près de s'embarquer ?

CÉLERI.

Parfaitement !... eh bien, s'il apprenait jamais que
j'ai renié mon nom de baptême, il serait capable de
me déshériter.

MADAME LÉVÊQUE, vivement.

Alors, mon ami, mieux vaut rester Isidore toute
votre vie.

> Pendant ce dialogue le monsieur et madame Prune se
> sont regardés avec beaucoup d'insistance, ce qui pro-
> voque la colère de madame Prune.

MADAME PRUNE, courroucée.

Qu'est-ce que vous avez à me regarder ainsi ?

LE MONSIEUR, très calme.

J'allais précisément vous poser la même question.

MADAME PRUNE, même jeu.

Moi, je ne vous regarde pas... c'est vous qui me
regardez.

LE MONSIEUR, même jeu.

Pardon, madame, depuis que je suis entré, vous
n'avez pu détacher votre regard de ma personne !

MADAME PRUNE.

Voyez-vous ce prétentieux !... c'est faux, archi-
faux ! !

LE MONSIEUR.

C'est exact !

CÉLERI, allant des uns aux autres.

Madame !... Mademoiselle !... Monsieur !...

MADAME et MADEMOISELLE PRUNE, ensemble, ton de dispute.

C'est faux !!... c'est faux !!...

LE MONSIEUR, ton de dispute.

C'est exact !... c'est exact !...

CÉLERI, entraînant madame Prune.

Madame, mademoiselle, veuillez passer dans mon bureau. (A madame Lévêque avec un sourire.) Vous m'excusez, ma toute belle.

Il lui baise la main.

MADAME LÉVÊQUE, murmure en souriant.

Faites, Isidore.. comme ce nom est doux.. Isidore, ma pensée vous accompagne.

MADAME PRUNE, regardant madame Lévêque.

Quand elle aura fini ses jérémiades celle-là !

LE MONSIEUR, à madame Prune.

Madame, je ne vous parle pas !

MADAME PRUNE, se retournant.

Ni moi non plus !

MADEMOISELLE PRUNE.

Maman, sois calme.

Elles sortent à gauche avec Céleri.

SCÈNE X

MADAME LEVÊQUE, CATHERINE, LE MONSIEUR.

CATHERINE, entrant par la droite, au monsieur.

Et la vieille où est-elle passée ?...

LE MONSIEUR, montrant avec le doigt.

Là-bas... là-bas... là-bas... pièce à côté.

CATHERINE, allant à madame Lévêque.

Au moins vous, vous me plaisez.

MADAME LÉVÊQUE.

J'en suis très heureuse... Il y a longtemps que vous êtes dans la maison ?

CATHERINE.

Je vous entends! je l'ai vu venir au monde, ce propre à rien. (Confidentiel.) J'ai été sa nourrice !...

MADAME LÉVÊQUE.

Vous n'avez pas l'air de l'aimer... pourtant il me paraît bon,... aimable !...

CATHERINE, vivement.

Il trompe tout le monde avec ses menteries ; vous pouvez me croire, il passe son temps à fricotter autour des jupons... c'est un galvaudeux de femmes. (s'animant.) C'est-y pas honteux de voir un homme qui ne tient pas seulement sur son perchoir, penser à se marier! mais, bonsoir de bonjour, qui c'est-y qui voudra de lui! et si vous aviez querques conseils à lui donner, vous pourriez lui z'y dire qu'il ferait bien mieux « de nourrisser » ses enfants...

MADAME LÉVÊQUE, suffoquée.

Que dites-vous ?... il a... il a... des enfants ?... mais non, ce n'est pas possible, l'annonce porte célibataire.

CATHERINE.

Célibataire ! si vous voulez, mais c'est comme je vous z'y dis.

MADAME LÉVÊQUE, même jeu.

Et... il en a... beaucoup ?

CATHERINE.

Le Bon Dieu seul en sait le nombre !... Ah ! je me
sauve... ne dites pas que c'est moi qui vous l'ai appris !

Elle sort.

SCÈNE XI

MADAME LÉVÊQUE, LE MONSIEUR,
puis CÉLERI.

MADAME LÉVÊQUE, furieuse, se dirige vers le monsieur
qui se lève effrayé.

Ah ! le traître... le fourbe... comme il s'est moqué
de moi, il a des enfants !... le menteur oh ! mais nous
allons voir.

Céleri sort du bureau, madame Lévêque le prend par le
bras et l'amène à gauche.

MADAME LÉVÊQUE, indignée.

Monsieur !... je n'ai qu'un mot, qu'un seul mot à
vous dire : oui ou non, avez-vous des enfants ?

CÉLERI, surpris.

Mais... madame... je... oui... non... c'est-à-dire
que...

MADAME LÉVÊQUE, même jeu.

Monsieur Céleri, vous n'êtes qu'un scélérat.

Sort dignement.

SCÈNE XII

CÉLERI, LE MONSIEUR.

CÉLERI, médusé.

Hein !...

LE MONSIEUR, s'avançant.

Qu'est-ce qu'elle vous a dit ? (Céleri ne répond pas.)
Il m'avait semblé entendre...

CÉLERI.

Qu'elle parlait de vous ?

LE MONSIEUR.

Précisément !... Que vous a-t-elle dit de moi ?

CÉLERI, très sec.

Que vous aviez une tête de scélérat ! !...

LE MONSIEUR, surpris.

Oh !...

Va s'asseoir.

CÉLERI, à part.

Il y a Catherine là-dessous... je saurai bien la vérité.

Il sort. Catherine, les manches troussées, un saladier en
carton, une cuillère à pot à la main, rentre.

SCÈNE XIII

LE MONSIEUR, CATHERINE.

CATHERINE.

La veuve, elle s'est erclipsée...

LE MONSIEUR, confidentiel.

Pardon !... pourrait-on avoir quelques renseignements sur votre patron ?

CATHERINE, le toisant.

Ça dépend ! D'abord à cause de quoi que vous z'y
en voulez des renseignements ?...

LE MONSIEUR.

C'est au sujet de l'annonce... l'annonce du mariage.

CATHERINE.

Mais je pense que ce n'est pas vous qui voulez
épouser ?

LE MONSIEUR.

Evidemment !!...

CATHERINE.

Mais alors ! qui c'est-y ?

LE MONSIEUR.

C'est ma femme. (Gestes de surprise de Catherine.) Oui,
vous avez bien entendu, c'est ma femme... je viens
pour ma femme.

CATHERINE, surprise, à part.

Cet homme, il a un dérangement de corps dans la
tête.

LE MONSIEUR.

Il est convenu avec ma femme que nous divorce-
rons dès que je lui aurai trouvé un parti convena-
ble !... L'annonce de M. Céleri ayant paru à première
vue remplir certaines conditions exigées par elle...

CATHERINE, interrompant.

Alors, votre femme veut épouser querqu'un de
vieux ?

LE MONSIEUR.

Peu lui importe... elle tient surtout à la monnaie...
Ah ! dites-moi, je vois que monsieur Céleri est très
occupé, vous pourriez peut-être me donner quelques
renseignements sur sa fortune.

Sort un papier de sa poche.

CATHERINE, avec dignité.

Quand j'ai querque chose à dire, je lui z'y dis à lui
et pas aux autres... pour qui c'est-y que vous me prenez ? pour un espion ? dites à votre femme de ma
part... elle est votre femme.. eh bien qu'elle z'y
reste !...

LE MONSIEUR, haussant les épaules, à part.

Elle est bornée comme une cruche !...

CATHERINE, colère.

Cruche ! vous avez dit cruche !... répétez-y un peu
pour que je rentre votre tête dans mon saladier !

LE MONSIEUR, scandalisé.

Je n'ai jamais rencontré une maritorne aussi mal
embouchée !

CATHERINE, furieuse.

Embouchée !... embouchée... je vas vous apprendre
à venir m'insulter chez moi. (Lui lance le saladier à la
tête.) Je vas vous emboucher, moi.

Le poursuit en le menaçant avec la cuillère.

LE MONSIEUR, effrayé et cherchant à éviter Catherine.

Monsieur Céleri... monsieur Céleri... monsieur Céleri, venez retenir cette furie !...

Céleri rentre pendant que le monsieur s'enfuit dans le
cabinet.

SCÈNE XIV

CÉLERI, CATHERINE, puis MADAME et MADEMOISELLE PRUNE et LE MONSIEUR.

CÉLERI, se croisant les bras.

Oh ! l'abominable créature ! !

CATHERINE, allant à lui, la cuillère levée.

Fermez votre parole ou je mets votre tête au bout.

Madame et mademoiselle Prune sortent épouvantées du cabinet, poussent des cris, courent à l'autre extrémité de la scène en bousculant au passage Céleri.

MADAME PRUNE, très émotionnée.

C'est un fou !... Oh mon Dieu !... Oh mon Dieu !...

MADEMOISELLE PRUNE, très émotionnée.

Maman !... le voilà !....

La mère et la fille reprennent leur course, se sauvent dans le cabinet, le monsieur cherchant une issue... aperçoit Catherine, fuit vers la porte... sort...

SCÈNE XV

CÉLERI, CATHERINE ; puis Catherine sort.

CÉLERI, à Catherine.

Vous n'avez pas honte de provoquer un tel tapage, un tel vacarme.

CATHERINE.

Pourquoi qu'il m'a insultée. (Céleri rentre — Coups

de sonnette répétés.) Il faut que j'y fasse le deuil de ma sonnette... C'est-y possible qu'il y ait des gens aussi mal élevés. (Coups de sonnette.) Ecoutez ça. (Se mettant en colère.) Oh! mais, je vas leur z'y faire voir. (Elle va ouvrir... entre Brigitte.) Faut-il que je vous prête mes bras pour vous aider?

SCÈNE XVI

CATHERINE, BRIGITTE.

BRIGITTE, très nerveuse.

Ça ne vous regarde pas, mêlez-vous de vos affaires et cherchez-moi de suite votre patron. (Allant à Catherine et lui parlant très près.) Illico... presto... subito... allô...

Se promène nerveusement.

CATHERINE, tremblant des bras.

Notre Dame de la Sainte-Mort, retenez-moi ou je lui z'y fais la sienne.

BRIGITTE, même jeu.

Avez-vous entendu?... illico... presto... subito... allô!...

CATHERINE.

C'est une sainte. (Faisant le signe de la croix.) Sa cervelle s'est tournée !

BRIGITTE, à Catherine.

Il ne fera pas d'autre fin que celle que je lui ferai faire. (Sortant un revolver.) Ses jours sont comptés, que dis-je, ses heures, ses minutes même... Vous pouvez commencer pour lui son acte de contrition.

CATHERINE, douce.

Son acte de contrition ?... Pauvre demoiselle j'ai bien assez de prier pour moi !...

BRIGITTE, nerveuse, se promenant.

Soit, c'est votre affaire... (Maniant le revolver après une pause.) Le lâche, le misérable !... séduire une jeune fille chaste, honnête comme moi... lui promettre le mariage !... non !... c'est le comble de la trahison, mais c'est décidé, s'il ne m'épouse pas, je l'envoie dare dare contempler la face du Père Eternel.

CATHERINE, timidement.

Alors... c'était pour le bon motif... que...

BRIGITTE.

Peu vous importe, bon ou mauvais ça ne vous regarde pas... Je vous ai dit de chercher cet hypocrite... il est ici... le concierge me l'a dit, il me faut sa peau ! (Avec colère). Avez-vous compris ? sa peau... sa peau.

CATHERINE, se retournant.

Le voici !... (Céleri sort de son cabinet.) Saint Chrysostôme, protégez nous !

SCÈNE XVII

CATHERINE, BRIGITTE, CÉLERI.

CÉLERI.

Qu'est-ce encore que tout ce bruit ? (Apercevant Brigitte.) Oh !... Brigitte !...

Disparaît derrière le canapé.

BRIGITTE.

Approchez, monsieur, approchez... venez me rendre compte de votre forfaiture. (Céleri peureux.) Ecoutez... il y a ici 25 grammes de plomb qui vont passer du canon de ce revolver dans votre cyboulo...

CATHERINE, à part.

Cyboulo... Saint Pancrace... je remets son âme entre vos mains !

CÉLERI, surpris.

Mais... mais... pourquoi ?

BRIGITTE.

Pourquoi. (Sortant un journal) Lisez... mais lisez donc ! (Céleri lit.) Eh bien ! ce Céleri dont il est question dans l'annonce est-il le même qu'un Céleri qui avait certain soir juré sur la tête de sa nourrice (Catherine surprise.) à une jeune fille honnête, gentille, téléphoniste de son métier, que nulle autre qu'elle ne serait sa femme ?... répondez !... (Se promène nerveuse, Céleri ne bouge ni ne souffle mot. Brigitte, dans l'oreille de Céleri.) Allô !...

CÉLERI, sursautant.

Allô... Allô...

BRIGITTE.

Répondrez-vous ?

CÉLERI.

Oui, oui, seulement vous êtes ici chez moi... et...

BRIGITTE.

Qu'importe ! Vous avez contracté chez moi, payez chez vous !...

CÉLERI.

Mais enfin que voulez-vous ?

BRIGITTE, froidement.

Ce que je veux?... Vous épouser ou vous tuer !

CATHERINE, à part.

Saint Népomucène, assistez-moi !...

CÉLERI, tremblant.

Voyons, voyons, ma petite Gigitte... est-il bien nécessaire de m'épouser ou de me tuer... réfléchissez un peu, Gigitte.

BRIGITTE.

C'est tout réfléchi. (Présente le revolver.) Le mariage ou la mort !

CÉLERI, faisant asseoir Brigitte.

Là... là... ne badinez pas avec ce joujou... causons un peu. (S'assied.) Si vous me tuez, qu'aurez-vous de plus après ?

BRIGITTE.

Mon honneur sera vengé !

CÉLERI.

Et si je vous épouse.

BRIGITTE.

Un mari !...

SCÈNE XVIII

Les Mêmes, puis MADAME et MADEMOISELLE
PRUNE.

CÉLERI, madame et mademoiselle Prune se montrent dans
l'entrebâillement de la porte.

Oui, oui, un mari... un vieux mari! bon à rien,

tout au plus à prendre des accès de goutte... de rhu-
matisme... un mari à qui la mémoire,... la raison
même faussent compagnie.

CATHERINE, à part.

Quand je lui z'y dis il se fâche comme un *récureuil.*

CÉLERI.

Je suis vieux, ma petite Gigitte, très vieux, vous
l'avez oublié... J'ai soixante ans passés.

Brigitte reste rêveuse.

MADAME PRUNE, à part.

Il nous disait le contraire tout à l'heure !

CÉLERI.

Et pourquoi diable voulez-vous qu'à mon âge je
fasse le malheur d'une jeune fille jolie, aimable, fraîche comme un bouton de rose (Tendre.) D'une jeune
fille rêvant du bonheur avec un jeune homme blond
qui aurait des yeux bleus, une moustache en croc...
et...

BRIGITTE, interrompant.

Comme Edouard ?

CÉLERI, surpris.

Qui ça — Edouard ?...

BRIGITTE, très embarrassée.

Edouard ?... eh bien, c'est Edouard !...

CÉLERI.

Hein !... tandis qu'avec moi... En outre, ma petite
Gigitte, mes actions amoureuses sont à la baisse.
(Confidentiel.) Elles sont même tombées très bas...
puis, enfin, j'ai tous les défauts... on me l'a assuré
tout à l'heure. Tu vois, Gigitte, que dans ces conditions j'ai tout ce qu'il faut pour rendre une femme
malheureuse.

CATHERINE, à part.

Pour une fois, il dit la vérité !...

CÉLERI.

Faut-il ajouter que j'ai une fille, grande, très grande... prête à marier... une fille que j'aime... que j'adore...

MADEMOISELLE PRUNE.

Une fille !... Maman, nous n'en entendrons pas davantage.

MADAME PRUNE, suffoquée.

. Une fille. (s'avançant.) Une fille... une fille... (Madame Prune marche sur Céleri, sa fille la suit, mouvements désordonnés.) Ah ! il a une fille, le jésuite. (Surprise de Céleri.) Ah ! il a une fille, l'Escobar. (s'arrêtant.) Monsieur !...

MADEMOISELLE PRUNE.

Monsieur !...

MADAME PRUNE.

Monsieur !... ma fille voulait épouser un célibataire sans enfant...

MADEMOISELLE PRUNE.

Sans enfant !...

MADAME PRUNE.

Nous vous saluons et regrettons de nous être dérangées.

Elles sortent l'une derrière l'autre.

SCÈNE XIX

CÉLERI, CATHERINE, BRIGITTE.

CATHERINE, en les imitant.

C'est-y la danse de Saint-Guy qu'elles ont dans les guibolles ?

CÉLERI, navré, à part.

Décidément, je n'ai pas de chance.

BRIGITTE, moqueuse.

Je crois qu'elles n'ont pas été tendres pour vous !...

CÉLERI, câlin.

Ça me laisse froid !... Voyons, Gigitte,... ma petite Gigitte ? du sérieux... de la raison. (Sort un carnet de sa poche.) Connaissez-vous ça ?

BRIGITTE.

Oui, c'est un carnet de chèques !

CÉLERI.

Eh bien ! si je vous proposais d'échanger ce mauvais revolver. (Vivement.) Ne tournez pas le canon de mon côté.

BRIGITTE, le tournant de l'autre.

CATHERINE, effrayée.

Attention !... il y a querqu'un ici.

CÉLERI.

Si je vous proposais, dis-je, d'échanger ce mauvais revolver contre un chèque, un joli petit chèque bleu et blanc de cinq mille francs, qui permettrait à mademoiselle Brigitte d'installer un coquet petit magasin de lingerie... de mercerie... de bonneterie... et d'un tas de petites affaires finissant en rie... Ça vous irait-il ?

BRIGITTE.

A vous parler franchement... eh bien oui !

CÉLERI, lui prenant le menton.

Alors vous ne voulez plus tuer personne? (Brigitte fait signe que non.) Dans ce cas, je vais faire ce chèque, (Prend son carnet en riant.) ce joli chèque bleu et blanc.

Va s'asseoir à la table.

BRIGITTE.

Dans le fond, je préfère le chèque.

CATHERINE, la regardant de travers.

Vous dites ?...

BRIGITTE.

Moi ?... rien !...

CATHERINE, faisant le signe de la croix. — A part.

C'est une sainte... je crois qu'il n'y aura pas des « escandales »... je respire...

CÉLERI, chèque à la main.

Voilà cinq mille francs (Brigitte prend le chèque.) et le revolver ?...

BRIGITTE.

C'est juste !...

Elle braque le revolver sur Céleri.

CÉLERI, vivement.

Eh ! là... là... pas de blagues...

CATHERINE, se dissimulant derrière Céleri.

Oui, oui, faites attention !...

BRIGITTE, s'esclaffant de rire.

Sont-ils drôles tous les deux !... Non, mais vrai...

tenez, le voilà, (Le donne.) deux poltrons.. il n'y a rien
dedans... il n'est pas chargé, ah!... ah!.. Adieu, mon
gros loulou, ah... ah... ah... adieu, mère Duplumeau,
ah! ah! ah!...

Elle sort dans le fond.

CATHERINE.

Petite canaille! (Céleri regarde hébété le revolver.) Eh
bien, vous êtes satisfait de votre annonce « martimo-
niale ». Elle vous en a bouché un coin, la petite!...
elle a le chèque... vous-y avez le pistolet.

CÉLERI.

Flanquez-moi la paix... allez voir si vos tartelettes
sont brûlées.

CATHERINE.

Mais...

CÉLERI.

Assez, n'est-ce pas?

CATHERINE.

Et dire que je l'ai « nourrissé » de mon lait... serpent... petit serpent!!!

Elle sort.

SCÈNE XX

CÉLERI, seul.

CÉLERI, haussant les épaules.

Grosse tourte. (A part.) Je commence à redouter un
laisser pour compte... ma personne n'est pas d'un
placement facile... (Coup de sonnette.) Ah! un rayon
d'espérance. Isidore, mon ami, il faut jouer serré.

Va ouvrir et introduit Germaine.

SCÈNE XXI

CÉLERI, GERMAINE.

CÉLERI.

Mademoiselle...

Salue.

GERMAINE.

Monsieur... Monsieur...

CÉLERI, à part.

Elle est timide, j'aurai beau jeu... Mademoiselle, vous venez pour...

GERMAINE, l'interrompant vivement.

Oui, monsieur... je viens pour...

CÉLERI.

Pour l'annonce ?...

GERMAINE.

... pour l'annonce ?...

CÉLERI, à part.

Elle n'est pas mal du tout... (A Germaine.) Mademoiselle, vous désirez...

GERMAINE, interrompant vivement.

Oui, monsieur, je désire...

Céleri et Germaine, même jeu.

CÉLERI.

Vous désirez vous marier ?

GERMAINE.

Non, monsieur !...

CÉLERI, surpris.

Hein !... vous venez peut-être par procuration?..

GERMAINE.

Non, monsieur !...

CÉLERI, très embarrassé.

Mais alors, si vous ne venez pas...

GERMAINE, très embarrassée, timide.

Je vous demande pardon... je viens...

CÉLERI.

Vous venez...

GERMAINE.

(Explosion de larmes.)

CÉLERI, contrarié.

Allons, bon !...

Germaine pleure de plus en plus fort, Céleri ne sait quelle
contenance tenir.

SCÈNE XXII

CÉLERI, GERMAINE, CATHERINE.

CATHERINE, sortant de la coulisse.

Bonsoir de bonjour, que c'est-y que vous lui avez
fait à cette pauvre petite?

CÉLERI.

Absolument rien !

Germaine pleure toujours.

GERMAINE, en pleurant.

Il ne m'a rien fait !

CATHERINE.

Alors, pourquoi que c'est que vous « pleurissez ? »

GERMAINE, en pleurant.

Je ne puis pas vous le dire !

CATHERINE.

N'ayez pas peur... dites-z'y toujours !

GERMAINE, en pleurant.

C'est... c'est... (Montrant Céleri.) mon père (surprise.) voici l'annonce... Isidore Céleri !... je suis la fille d'Isidore Céleri, je suis seule au monde, et je viens implorer... mon papa !

Pleure.

CÉLERI, très ému.

Papa !... pa... pa... je suis son pa... pa... ah !
Il se trouve mal, et se laisse choir sur une chaise. — Tremblements nerveux.

CATHERINE, très émue.

Son papa... pa... il est son papa... ah !...
Se trouve mal et se laisse choir sur une chaise, tremblements nerveux.

GERMAINE, allant de l'un à l'autre.

Ah mon Dieu... mon Dieu... que faire ?... si je connaissais la maison !... de l'eau fraîche !... la cuisine est par là, je crois !... (Elle y court.) Voilà.
Revient avec une carafe d'eau et un linge, leur tamponne le visage à tour de rôle ; ils reprennent peu à peu connaissance.

CÉLERI.

Comment ?... comment s'appelait votre mère ?

GERMAINE.

Marie Duchemin...

CATHERINE, interrompant.

C'est bien ça !...

GERMAINE.

Du reste, voici mon extrait de naissance!

CATHERINE.

Oh ! Saint...

CÉLERI, interrompant.

Flanquez-nous la paix avec vos saints... Je suis
en compote... (Regardant Germaine et l'extrait de naissance.)
Ma fille... ma fille... je suis son papa... vous vous
appelez Germaine, n'est-ce pas ?

GERMAINE.

Oui, monsieur !

CÉLERI, vivement.

Ne dites plus monsieur !... dites papa... venez sur
mon cœur... ma fille... ma Germaine... appelez-moi
papa, vous entendez... papa... Catherine, vite il faut
préparer une chambre...

CATHERINE, vivement.

Oui, papa !... (A part.) La tête me tourne, je ne sais
plus ce que j'y dis!

CÉLERI, tendrement, en regardant Germaine.

Je suis si heureux d'avoir retrouvé mon enfant !

Coup de sonnette.

CATHERINE.

C'est encore pour votre annonce.

CÉLERI, regardant Germaine.

Oui, mais il est trop tard, je reste célibataire.

Céleri et Germaine viennent s'asseoir sur le canapé.

CATHERINE.

Alors, je vas leur z'y dire d'aller voir ailleurs.

Elle sort.

GERMAINE, tendrement.

Ce que j'ai souffert.. pâti pour vous retrouver, mon père !

CÉLERI.

Pauvre petite... nous ne nous quitterons plus !

GERMAINE.

Sans votre annonce, je n'y serais jamais parvenue.

CÉLERI.

Mon annonce ? Je la maudissais tout à l'heure, maintenant, je la bénis !...

GERMAINE.

Et moi !...

CATHERINE, rentrant.

Ça y est... emballées, il y en avait trois : une pendue à la sonnette et deux autres qui grapissaient l'escalier !!...

GERMAINE.

Dites-moi, mon père...

CÉLERI, interrompant.

Je préfère que vous m'appeliez papa !...

CATHERINE.

Appelez-y papa... et moi vous pourriez m'appeler comme qui dirait maman !

CÉLERI, vivement.

Ah ! non, par exemple !...

GERMAINE, tendre.

Mais, pourquoi ?... (A Catherine.) Je sens que je vous aime déjà... (A Céleri.) Papa, consentez à ce qu'elle soit ma seconde mère.

CÉLERI, vivement.

Mais, ma chérie !... vous me demandez une chose

impossible. (Haussant les épaules.) Elle la maman, moi le papa !... (Riant.) C'est comme si vous me demandiez d'accoupler un chardonneret avec un lapin de garenne. (Catherine se contient. A Germaine.) Vous oubliez qu'elle a soixante-dix ans !

GERMAINE.

Eh bien, mon père, consentez à ce qu'elle soit ma grand'mère.

CATHERINE.

Pour ça, j'y ai droit, puisque je suis sa nourrice !

CÉLERI.

Possible, mais vous n'avez pas fait le plus difficile !

CATHERINE, vivement.

C'est peut-être vous qui l'avez fait !

GERMAINE, câline.

Papa, mon petit papa... (Céleri se rengorge.) c'est la première prière que je vous adresse... exaucez-la ! !...

CÉLERI.

Vous le voulez ?... eh bien soit ! (A Catherine.) Seulement j'exige qu'à l'avenir vous remisiez en lieu sûr toutes vos histoires de biberon !

CATHERINE.

J'y accepte ! (Prenant la main de Germaine.) Bonsoir de bonjour ! j'aime mieux être grand'maman que maman, c'est aussi agréable, et ça donne moins de peine. (Elle embrasse Germaine.) Et maintenant, mes enfants, je vas vous z'y mettre la table ! ..

Rideau.

Imprimerie Générale de Châtillon-sur-Seine. — A. Pichat.

Le Petit Verre, comédie sociale en un acte par madame Vera Starkoff (4 hommes, 4 femmes). — Une rue de village. 0 60

Une Lettre chargée, saynète, par G. Courteline (2 hommes). — Un bureau de poste . . . . 1 »

Mais quelqu'un troubla la fête, un acte en vers par L. Marsolleau (6 hommes, 2 femmes). — Un hall . . . . 1 »

Mariage d'Argent, un acte, par P. Bourgeois (2 hommes, 1 femme). — Intérieur rustique. 1 50

Maternité, pièce en 3 actes par Brieux (12 hommes, 8 femmes). — Un salon. — Une cour d'assises. — Un vol. in-18. . . . . 3 50

Michel Pauper, drame en 5 actes, 7 tableaux, par Henri Becque (9 hommes, 4 femmes). — Salons. — Une antichambre. . . . . 2 »

La Nouvelle Idole, trois actes, par F. de Curel (4 hommes, 4 femmes). — Salon, cabinet, laboratoire. . . . . 2 »

L'Outrage, drame, un acte, par Bonis-Charancle (5 hommes, 5 femmes). — Un bureau. . . . . 1 »

La Pâque Socialiste, cinq actes, par E. Veyrin (8 hommes, 1 femme). — Un salon, une cour d'usine. . . . . 1 »

La Petite Amie, trois actes, par Brieux (4 hommes, 6 femmes). — Un magasin de modes, jardins. . . . . 2 »

La Poigne, cinq actes, par J. Julien (15 hommes, 5 femmes). — Jardin, salon, cabinet de travail . . . . 2 »

La Police tolère, comédie dramatique en 3 actes en vers, par L. Le Lasseur (9 hommes, 3 femmes). Intérieur de ferme. — Estaminet . . . . 2 »

La Première Salve, drame, un acte, par A. Rouquès (6 hommes). — Une forêt . . . . 1 »

Les Remplaçantes, trois actes, par Brieux (12 hommes, 12 femmes). — Cour rustique, un salon, intérieur rustique 2 »

Le Repas du Lion, quatre actes, par F. de Curel (10 hommes, 4 femmes). — Salle rustique, cabinet de travail, salle de presbytère. . . . . 2 »

Responsabilités! pièce en 4 actes, par Jean Grave (16 hommes, 6 femmes). Chambre d'ouvriers. Une grande pièce. — Une cour d'assises. . . . . 2 »

Résultat des courses! comédie en 6 tableaux, par Brieux (26 hommes, 10 femmes). — Un atelier, salle à manger, jardin, bureau de commissariat . . . . 2 »

Les Revenants, drame en 3 actes, par H. Ibsen (3 hommes, 2 femmes). Une chambre. . . . . 2 »

La Robe Rouge, quatre actes, par Brieux (13 hommes, 6 femmes). — Un salon, un cabinet de magistrat . . . . . . 2 »

Les Souliers, scène judiciaire par Lucien Descaves et René Vergught (8 hommes). — Une salle d'un tribunal correctionnel . . . . 1 »

La Tante Léontine, comédie en 3 actes par Maurice Boniface et Ed. Bodin (3 hommes, 4 femmes). — Un salon . 2 »

Le Testament, étude de paysans en un acte par Eugène Bourgeois et Achille Gramont (2 hommes, 1 femme). — Intérieur de fermes. 1 50

Tiers Etat, un acte, par L. Descaves (2 hommes, 4 femmes). — Salon élégant 1 50

Les Trois Filles de M. Dupont, quatre actes, par Brieux (8 hommes, 8 femmes). — Salon. . . . . 2 »

EN VENTE CHEZ LE MÊME ÉDITEUR

(Format grand in-18 jésus)

COMÉDIES ET COMÉDIES-VAUDEVILLES NOUVELLES

Georges ANCEY

- L'Avenir, 3 actes … 2 »
- La Dupe, 5 actes … 2 »
- Grand'Mère, 3 actes … 2 »
- Les Inséparables, 3 ac. 2 »
- Monsieur Lamblin, 1 a. 1 50

Paul BILHAUD et Maurice HENNEQUIN

- Les Dragées d'Hercule, Le Gant, 1 acte … 1 50
- 3 actes … 2 »
- M'amour, 3 actes … 2 »
- Nelly Rozier, 3 actes 2 »

Alexandre BISSON

- Le Bon Juge, 3 actes 2 »
- Le Bon Moyen, 3 actes 2 »
- Château Historique, 3 a. 2 »
- Un Conseil judiciaire, 3 actes … 2 »
- Le Contrôleur des Wagons-lits, 3 actes 2 »
- Un Coup de tête, 3 act. 2 »
- Le Député de Bombignac, 3 actes … 2 »
- Disparu!!!, 3 actes 2 »
- Docteur!, 1 acte 1 50
- Les Erreurs du mariage, 3 actes … 2 »
- La Famille Pont-Biquet, 3 actes … 2 »
- Feu Toupinel, 3 actes 2 »
- La Gymnastique en chambre, 1 acte 1 50
- L'héroïque Le Cardunois, 3 actes 2 »
- Jalouse!, 3 actes 2 »
- Les Joies de la paternité, 3 actes 2 »
- Mam'zelle Pioupiou, 5 a. 2 »
- Monsieur le Directeur, 3 actes 2 »
- Mouton!, 1 acte 1 50
- Nos Jolies Fraudeuses, 3 actes 2 »
- Le Roi Koko, 3 actes 2 »
- Le Sanglier, 1 acte 1 50
- Les Surprises du Divorce, 3 actes 2 »
- Le Terre Neuve, 3 act. 2 »
- Le Véglione, 3 actes 2 »
- Veuve Duroxell, 1 acte 1 50

M. BONIFACE

- Clarisse Arbois, 3 actes 3 50
- La Crise, 3 actes 2 »
- Les Petites Marques, 2 actes 2 »
- La Tante Léontine, 3 a. 2 »

BRIEUX

- L'Armature, 5 actes 3 50
- Les Avariés, 3 actes 3 50
- Le Berceau, 3 actes 2 »
- Les Bienfaiteurs, 4 act. 2 »
- Blanchette, 3 actes 2 »
- La Couvée, 3 actes 2 »
- La Déserteuse, 4 actes 3 50
- L'École des Belles-Mères, 1 acte 1 50
- L'Engrenage, 3 actes 2 »
- L'Évasion, 3 actes 2 »
- Maternité, 3 actes 3 50
- Ménages d'Artistes, 3 a. 2 »
- La Petite Amie, 4 act. 2 »
- Résultat des Courses, 5 actes 2 »
- Les Remplaçantes, 3 a. 2 »
- La Robe Rouge, 3 a. 2 »
- La Rose bleue, 1 acte 1 50
- Les Trois Filles de M. Dupont, 4 actes 2 »

M. CHAMPAGNE

- Mademoiselle Aurore, 3 actes 2 »

G. COURTELINE

- L'Article 330, 1 acte 1 »
- Les Boulingrin, 1 acte 1 50
- Un Client sérieux, 1 a. 1 50
- Les Gaietés de l'Escadron, 3 actes 2 »
- Gros chagrins, 1 acte 1 »
- Hortense, couche-toi! 1 acte 1 »
- Une Lettre chargée, 1 a. 1 »
- Théodore cherche des allumettes, 1 acte 1 »
- Victoires et Conquêtes, 1 acte 1 »
- La Voiture versée, 1 a. 1 »

F. DE CUREL

- L'Amour brode, 3 actes (in-8o) 4 »
- L'Envers d'une Sainte, 3 actes 2 »
- La Figurante, 3 actes 2 »
- La Fille sauvage, 6 a. 2 »
- La Nouvelle Idole, 3 a. 2 »
- Le Repas du lion, 5 act. 2 »

Paul GAVAULT

- La Belle de New-York, 2 actes, 3 tableaux 2 »
- Les Dupont, 3 a. 2 »
- Manu Militari!, 1 acte 1 50

Paul GAVAULT et Georges BERR

- La Dette, 5 actes 2 »

Paul GAVAULT, G. BERR et A. VELY

- Les Aventures du Capitaine Corcoran, 5 actes, 17 tableaux 2 »

Paul GAVAULT et V. DE COTTENS

- Chéri!, 3 actes 2 »
- Le Guet-Apens, 1 acte 1 50
- Fin de Rêve, 3 actes 2 »

Paul GAVAULT et P. L. FLERS

- Charmant Séjour!, 3 a. 2 »

Paul GAVAULT et GUILLEMAUD

- Les Femmes de Paille, 3 actes 2 »

Paul GAVAULT, Eugène HÉROS et Eugène MILLOU

- Family-Hôtel, 3 actes 2 »

Maurice HENNEQUIN

- Inviolable!, 3 actes 2 »
- Les Joies du foyer, 3 a. 2 »

Maurice HENNEQUIN et Paul BILHAUD

- La Famille Boléro, 3 a. 2 »
- Heureuse!, 3 actes 2 »
- Le Paradis, 3 actes 2 »

Maurice HENNEQUIN et Georges DUVAL

- Le Coup de fouet, 3 a. 2 »
- Le Remplaçant, 3 act. 2 »
- Le Voyage autour du Code, 4 actes 2 »

Jean JULLIEN

- L'Écolière, 3 actes 2 »
- La Mineure, 1 acte 1 50
- La Poigne, 5 actes 2 »
- La Sérénade, 3 actes 2 »

G. LENOTRE

- Colinette, 3 actes 2 »
- Les Trois Glorieuses, 4 actes 2 »

Albin VALABRÈGUE et Maurice HENNEQUIN

- Coralie et Cie, 3 ac. 2 »
- Place aux Femmes!, 4 a. 2 »

PIERRE VEBER

- L'Amourette, 3 actes 2 »
- Chambre à part, 3 a. 2 »

9 782019 944087

COURS COMPLET D'ENSEIGNEMENT PRIMAIRE
Rédigé conformément aux programmes du 27 juillet 1889

ÉDUCATION MORALE

ET

INSTRUCTION CIVIQUE

PAR

Henri BAUDRILLART

MEMBRE DE L'INSTITUT
INSPECTEUR GÉNÉRAL DES BIBLIOTHÈQUES

PARIS

H. LECÈNE & H. OUDIN, ÉDITEURS

17, RUE BONAPARTE, 17

—

1885